# 運命なのかな、人生は。

小山幸男
KOYAMA Yukio

文芸社

本文挿絵　小山敬之

# はじめに

私は、昭和四年（一九二九年）に蕨《わらび》町（現在の埼玉県蕨市）で生まれた。この地で四十八年過ごし、事情があって浦和で暮らして四十六年になる。ありがたいことに、この歳になってもボケず、介護にならず現在に至っている。いくつか病気はあるが。

蕨は、日本一小さな市であるが、成人式の発祥の地でもある。有名人が多数出ている。また、江戸時代に整備された中山道の宿場町（蕨宿）としても知られている。明治の頃は、織物が盛んだった。私の祖父も織物業をしていた（のちに染物業）。その名残として、現在も機《はた》まつり（七夕まつり）が行われている。

蕨市内を通る国道十七号沿いには現在、建物が建ち並んでいるが、子どもの頃は田んぼだった。この道を走る路線バスに〝東谷田甫《とうやたんぼ》〟というバス停が現在もあるが、その頃の名残りではないかと思う。

「こんな広い道を、何のために造ったんだ」と、当時の人は言っていた。

道路ができたとはいえ、たまに車が通るくらいだった。

そんなのんびりとした時代に、ハラハラするような無茶な者がいた。

右手でトラックの荷台の端を掴んで、左手で自転車のハンドルを握って、鼻歌をうたいながらトラックと一緒に気持ちよさように走っていくのを見た。

それを見たかあちゃんが、

「あんな真似、絶対しては、だめだよ」

と言った。

私は真似しようとは思っていなかったが、真似してみようと思って挑戦した者もいた。

本書は、そういった他愛もない思い出話なども含め、私の九十四年の人生について語ったものである。

もくじ

# 田んぼの生き物

私の生まれ育った地域は、田や畑が多かった。田んぼに住む生き物を気をつけて見てみると、さまざまな生き物がいる。

主なものは、ドジョウ、タニシ、フナ、エビガニ、カエル、イナゴなどである。雨が降って水が増えると、今までどこにいたのか、これらが姿を現す。

ドジョウは、水がない季節（秋から冬）になると、田んぼの泥の中に姿を隠すので、田んぼにポツポツ穴があく。

子どもの時、何であいているのかと不思議に思った。

「そこを掘ってみな」と、言われたので掘ってみると、ドジョウがいるではないか。

こんな所にいたのかと、面白くなって次々と掘った。

タニシは、田んぼに水がない時はいないが、水が入ると姿を現す。どこから来たんだろう。足がないのになあ。

田んぼに水をいっぱい入れると、さらにタニシは数が増える。

タニシがたくさん出ていたので、バケツに入れていった。だんだん面白くなって次々に捕っていると、バケツいっぱいになってしまった。

たくさん捕れたので褒めてくれると思って家に持って帰ると、

「それ、どうするんだよ」

と言われたので、タニシを見ながらしばらく考えた。

「タニシは食べられるんだよな?」

「そりゃあ、食べられるけどな……」

それまで食べたことはなかったので、あまりいい返事はしなかった。

そこで、食べ方を近所の者に聞いたようだ。

まず、殻の中から身を出してみると、あんなにたくさんあったのがわずかになってしまった。それをみそで煮て食べてみたら固くて、どちらかというと、おいしいとは思えなかった。

これに懲りて、それ以来、タニシを捕ることはなかった。

小学校五年生の時のことだ。それまで見たこともない生き物が、蕨駅の中に展示されていた。それは、エビのような体をしていて、両手はカニのように大きい。それが、エビガニ（アメリカザリガニ）だった。

飼ってみようという気には、なぜかなれなかった。

時が経ち、エビガニが田んぼに住みつくようになった。それまではいなかったのに。田に水を入れても、それを抜くような穴をあけたりするし、フナやドジョウを食べてしまう。肥料を入れても流してしまい、畦をのりこえて隣の田に自由に移動してしまう。

その増え方は、すごいものだった。

飼う気になれなかったのは、やっぱり当たっていた。

エビガニは、よその田んぼでも増えていた。さらに増えては困るので捕ることにした。次第に長バケツいっぱいになったので、家に持って帰った。

「田んぼに悪さをする奴を捕まえたぞ」

と言うと、かあちゃんはまたかという顔をしていた。

バケツの中で、ガサガサと音がしていた。

ニワトリの小屋にエビカニを数匹入れると、はさみを振り上げて威嚇をするので、メスのニワトリは声を上げて鳴き出した。

そこへオスが代わって、エビカニに挑戦した。オスは羽を広げて根気よくエビガニと闘って、とうとうエビガニを倒してしまった。それを見ていたら、なんだかかわいそうに思えた。

その後、二、三日経ってトリ小屋へ見に行くと、エビガニはバラバラになっていて、ニワトリに食べられてしまっていた。

その頃、メスが産んだ卵の黄身がいつもより赤くなっていたので、なんだか気味が悪かった。ほかのエビガニはバケツに蓋をして入れたままだったので、それをどうしようかと考えた。エビガニを食べたことがある人がいるので聞いてみた。

尻尾の方の身の部分を取り出して、煮てみた。恐る恐る食べてみると、何のことはなく、エビと同じようだった。

カエル（食用ガエルの）体長は、ほかのカエルよりはるかに大きい。普通のカエルと違って、鳴き声は、グァーグァーグァーと、それは、うるさいものだ。それが何匹も夜、鳴くのだから、たまったものではない。それに比べて、普通のカエルは体も小さくかわいいものだ。

稲が成長する頃になると、イナゴが姿を現す。それまで、どこにいたのだろう。

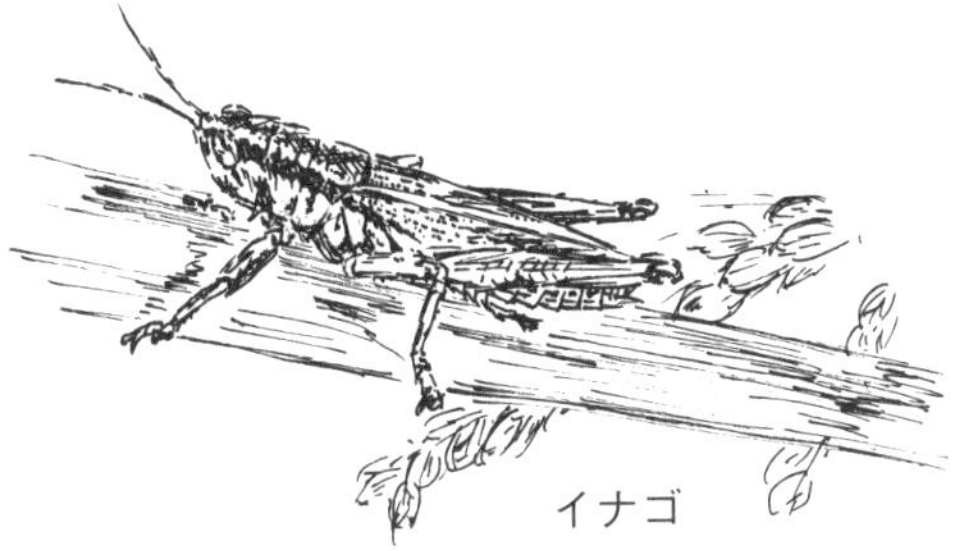

イナゴ

稲の成長と共に、イナゴも体の色を変える。捕まえようとしても、同じ色をしているのでわかりにくい。

稲に害を与えるので、イナゴ捕りをした。

「いっぱい捕ろうな」

「うん」

捕ったイナゴを専用の袋に入れると、中でガサガサしていた。

その専用袋は、手ぬぐいを二つに折って両端を縫い、竹を輪切りにしたものを上に取り付けたものだった。

イナゴが袋から出てくるので、口を押さえた。

そのイナゴは、佃煮などにして食べた。

私の住んでいた地域は、以前は特に蚊が多かった。

あまりにも多いので、妻は、「『ブーン蚊の町』だ（文化の町だ）」と、よく言っていた。蚊は音を立てて飛んでいた。

そんな光景も時代と共に変わっていき、現在は田や畑はなくなってしまった。

もう二度と昔の風景を見ることができないのだと思うと、何とも寂しい。

## 近所のお兄ちゃん

私が六歳の時、そのお兄ちゃんは十二歳だった。六つも年が違うと、遊び相手にはならないかもしれない。しかし、お兄ちゃんは私の面倒をよく見てくれた。

そのお兄ちゃんは、いわゆる男の子の遊びをするのではなく、自分で作った人形を箱の中に入れて大事にしていた。

ある時、その人形を、「これは、お前にやるよ」と、私にくれた。

「おれにくれてしまったら、自分のがなくなってしまうじゃないか」

「いいんだよ。また、自分のは作るから」

私は、こんな人形もらっても困るなあ……と、思ったのだが、「ありがとう、じゃあ、もらうよ」と言って受け取った。そばにいた女の子二人は、うらやましそうに見ていた。

何で私にくれたんだろう。

そのお兄ちゃんの家には、ほかにもおはじき・お手玉・ゴムまりなどがあった。みんな大事にしていたようだった。

遊ぶ場所はいつもお兄ちゃんの家の納屋の二階だった。おまけに、そこには鍵をかけていた。

納屋でお兄ちゃんと女の子二人と私でお手玉をして遊んでいると、いきなり、

「さあ、学校ごっこをしよう」

と、彼が言い出した。さらに、「歌の時間です。私が歌います」と言って、歌い出した。

それが終わると、突然いなくなってしまった。すると、

「たけちゃーん、遊ぼう」

というお兄ちゃんの声が聞こえてきた。隣の女の子の家に行ってしまったのだ。

「あれぇー？」

三人は顔を見合わせた。

「どうする？」

「あたしは帰るよ」

「私も」

と言って、その家を出た。

そんな遊びもしばらく続いていたが、いつの頃からか、お兄ちゃんはぱったり姿を見せなくなってしまった。

私は、気になって、お兄ちゃんの母親に聞いた。すると、「働きに行っているよ」ということだったので、（そうか、よかったなあ）と思った。

数年後、お兄ちゃんは戦争のために一兵士として出征した。その時は別人のようになって「お国のために頑張ります」と、言って元気に出ていった。しかし、残念なこ

とに戦死してしまった。

## 変なものを見たよ

三年生の頃のことだ。

「かあちゃん、俺、変なものを見たよ」

「何を見たんだよ」

そこで私は五〇センチくらいの幅に両手をひろげて、

「このくらいの大きさで、しっぽが長いんだよ。そのしっぽが電線にからみついてしまいそうになっていたんだよ。珍しいから、網ですくおうと思ったんだよ」

「どこで」

「家の裏の電線の所だよ。網を持っていったらさっきよりももっと高い所に上ったから、あきらめんたんだ。うす黒くって、ぼやぼやぁとしたものだったなぁ」

それを聞いたかあちゃんは、

「ばかだなあ、おまえは」と、言って私の顔を見ていた。

それから何時間もしないうちに、隣の人が亡くなったということを聞いた。

## ごほうび

三年生での成績がよかったので、とうちゃんが「ごほうびだ」と言って自転車を買ってくれた。

嬉しさのあまり、朝起きるとすぐに自転車の所へ行った。

ペダルを持って回すと、シャリシャリと音がするので、それを楽しんだ。

朝食はいい加減にすませて、自転車を動かしてみた。

補助輪がついていたので、すぐに乗ることができた。

三週間ぐらいはそのまま乗っていたが、補助輪を外したくなった。

とうちゃんに頼むと、

「まだ、だめだ」と言われたが、「外して、外して」と、あまりにもうるさく言ったので、「しょうがないな」と言って外してくれた。

「あとで何があっても知らないぞ」

と言われたが、聞こえないふりをして乗った。

夢中になってぐるぐる乗りまわした。

調子よく漕いでいてはたと気づいた。ブレーキをかければ止まることはわかっているけれど、ブレーキのかけ方がよくわからない。私は心配になった。

どうするんだよう、どうするんだようと、泣きながら、ぐるぐるまわった。

止まるには、何かにぶつかるしかない。

(そうだ。藁の積んである所にしよう。あそこなら痛くないだろう)

そう思って、藁につっ込んで止まった。

(ああ、よかった。止まることができてよかったな)

藁が散らかったままでは叱られると思って片付けた。

自転車って、こわいものだなあと思った。

# お棺あそび

学校帰りに、友達の吉田君が、

「小山君、うちへ遊びに来ないか、うちへ来いよ」

と、あまりにもしつこく言うので、仕方なく、

「それじゃ行くよ」

と、吉田君の家に行く約束をした。

彼の家は、駅前通り沿いにある。

自転車で行ったが、駅前通りは歩行者でいっぱいなので、混んでいる所は自転車を降りて押して歩いた。

吉田君の家の前に着いた。

自転車が置いてあったので、先客が来ているようだった。

吉田君の家は葬儀屋だ。

いくらかお香のようなにおいがする。

お棺が置いてあるので、外からでも目につく。

何となく入りにくいが、思い切ってガラス戸を開けた。

「吉田君」と呼ぶと、「おーい」と、返事はするが、姿は見えない。

どこにいるんだろうと思って、また、呼んでみた。

「ここだよ」と、声がした。

すると、いくつもあるお棺の一つが開いた。

「なーんだ。お棺の中にいたのか」

「お前も、ここへ入れよ」と言って、吉田君は隣にあるお棺を指差した。

「俺は、ここに入るのは、嫌だよ」

「入れよ。入れよ。おもしろいぞ」

しきりにそう言われても、すぐには入る気にはなれなかった。

「なにをぐずぐずしているんだよ、入れよ」

あまりにもうるさく言うので、私は仕方なく入った。

「どうだい。いい気持ちだろう?」

(どこが気持ちがいいんだ。いい気持ちどころではない。三歳で亡くなった妹のこと

を思い出してしまった）
口では言わなかったが、私は変な気分だった。

## 変な担任

四年の時の担任には、変なくせがあった。

罰を与える場合、一人目は机の右に立たせる。二人目は教室の後ろに立たせる。三人目は隣の女子組の教室に押し込む。四人目は階段の上から下の階に向かって背中を押す。すると、ストン、ストン、ストンと落ちていく。

五人目は「家へ帰れ」で、二人だ。そのうちの一人は、私だった。

先生が、

「机の中の物をかばんの中へ入れてやれ」

と周りの子に言う。

すると帰宅命令を出された一人が、

「いやだ、いやだ」

と反抗する。大勢でやるのだからかなわない。

「かばんをしょわせてやれ」

と先生が命令すると、

「もう、しませんから、かんべんしてください」

と言いながら、彼はまわりのすきを見ては唾を目の下につけて、さも涙が出ている
ように見せていた。

私は、すべてを見ていた。芝居の上手な子だなあと思った。

今度は私の番だ。

先生はまた、同じことを言い出した。

「かばんの中へ入れてやれ」

言われた生徒は入れようとするが、

「いいよ、俺のことだから自分でやる」

と、自分でかばんに入れる。机の中を見て忘れ物がないことを確かめると、人の手
を借りずに、さっさと階段を下りて昇降口を出た。

すると、

「おーい、小山、小山。戻ってこい。戻ってこい」

と、先生が呼ぶではないか。

「帰れと言ったから帰るんだ」

そういえば、そもそも何でこんなことになったのか？　宿題も忘れずにやっている。言われたことはきちんと守っている。悪いことはしてないんだけどなあ。

男子だけ六十名のクラスだ。いたずら、けんかが絶えない四年二組だ。

結局家に帰ってしまった。

かあちゃんが、

「どうしたんだ」

と聞いた。

「先生が帰れって言ったから、帰ってきたんだ」

すると、

「先生に謝ってやるからついてこい」と言って私の手をしっかり握った。

引きずられるように歩いているのが恥ずかしく、かあちゃんの後ろにかくれるように歩いた。

　学校に着くと、先生はにこにこしてかあちゃんと話をしている。先生がにこにこしているのは自分自身を守ろうとしているのだなと、私は感じた。二人が話しているすきをみて、逃げ出して家に帰ってしまった。あとからかあちゃんが帰ってきて、私がいるので、

「まあ、何という子なんだよ、お前は」

　と、目を丸くした。

「先生は、〝おどかしで帰れと言ったんだ〟と、言っていたよ。おまえが悪いんだよな」

　それにしても、何で私は叱られたんだろう。

　両親は、「三年生まで優等生だったのに、あんなふうに変わってしまうなんて考えられない」と、首をかしげていた。ほかの子と間違えられて、そのまま押し通してしまったのではないかと思ったようだ。

　今のようにＰＴＡ活動もなかったので、あの時代は先生の言うことは絶対だったから。

このことがあってから、学校へ行くのが嫌になった。それまでは、絵が好きで友達から「うまいなあ」と言われていたのだが、この担任が絵を専門としている先生なので、すっかり描く気にはならなくなった。

「おーい小山、戻ってこい、戻ってこい」と、言っていたのが忘れられない。

## 鉄棒の先生

五年生になってクラス替えはなかったが、担任が替わったので学校へ行くようになった。五年の担任は、体操が得意で全国大会にも出場する選手でもあったので、毎日の授業もとても変わっていた。

戦争中ということもあるのか、授業の時間割など無視したような独自の授業が実施されていた。

毎日体操。それも鉄棒、とび箱と、それだけを繰り返していた。

そのためか、鉄棒など得意な子は、その技量がすばらしく上達した。

友達は鉄棒の大車輪ができるようになったので、それを先輩や友達がじっと眺めていた。

ある日のこと、担任が、「これから名前を呼ばれた者は、出てこい」と言ったので、じっと先生の顔を見た。

「関口、宮崎、吉田、小山の四人は出てこい」と言われたので出ていった。

(何だろう、何を言われるのかな) とどきどきしていたら、

「おまえたちは、二十歳になる前に死んでしまうぞ」

と、そう言った。

二十歳になる前に死んでしまう、それだけが気になってたまらなかった。

家に帰ってもそのことが頭にあって、しゃべる気にも食べる気にもなれなかった。

親には、このことは言えなかった。三人も同じ気持ちだったのだろうか。

二十歳になっても、四人は生きていた。

それにしても、何であんなことを言ったのだろうか。

歳をとってこのことを思い出す。四人のうち二人は今でも健在だ。

# はだかで雪合戦

冬の晴れた日のこと。

窓から乗り出して空を見上げていた担任（鉄棒の先生）が、「授業は雪合戦だ」と独り言を言った。

しかし、声が大きいので、みんなに聞こえてしまった。

「わあー」

「やったあ」

と、喜びの声が教室中にひろがった。

あまりの騒ぎに、隣のクラスの子が見にきたほどだった。

すると、先生は言った。

「パンツ一丁で、はだしになれ」

「ええー」

「やだよ」

「寒いよ」

子どもたちはそれぞれ言っている。

喜びの声は、たちまちどこかへ消えてしまった。

「おい、お前たち、なにをぐずぐずしているんだ」

それで、みんな仕方なく服を脱ぎ出した。

教室を出た後は、寒いので、みんな首をすくめ、つま先で歩いていた。一度見たら忘れられない格好だ。

先生を見ると、いつ脱いだのか、同じ格好だった。

「さあ、始めるぞ。遠慮なく先生にぶつけろ」

「よーし」

雪を丸めて、先生に向かって投げた。

思い切って投げる者、遠慮して投げる者、そらして投げる者、まちまちだ。

一生懸命動きまわったので、体がほかほかしてきた。

「さあ、終わりにするぞ」

みんな、お互いに顔を見合わせ、笑い合った。

その後、風邪をひいて休むような子は一人もいなかった。

## けやきの大木

家の裏には、大きなけやきがあった。

大人が両手をひろげて抱え込んでも、指先が届かないほどの太さである。長く伸びた枝がたくさんあり、葉が繁っていた。夏は日陰をつくり、そこへ行くと涼しかった。

しかし、台風が来ると木は暴れだし、ギーギーという音を出しながらゆっさりゆっさりとゆれた。すると、家もゆれた。木の根が何本も家の土台の下に入りこんでしまっているので、たまったものではない。

この木が倒れたら家が壊れてしまうのでないか、と心配していた。

その後、戦争中に木材が必要となって、国に供出することになった。そのために木は切り倒された。

木がなくなって、何だか寂しい気持ちになったと同時にすっきりした気持ちにもなった。

その後、そこに防空壕を作ることになった。

身を守るものなので、もし家が焼かれてもここで凌げるように、必要な家具も入るように、広さも考えると、深く掘らなくてはならない。

大事にとっておいた木材も、惜しげなく使おうと決めた。

それができ上がるまで、空襲がないことを祈っていた。

やがて畳を横に五畳ほど並べた大きさの防空壕ができ上がった。その中に畳を二枚とたんすを入れた。入口には扉をつけて、更に、鍵がかかるようにした。

親父は自慢して、近所の者に見せた。

近所の者が聞いた。

「でき上がるまで、どのくらいかかったの？」

「十日ぐらいかな」

「すごいな。空襲の時は入れてもらいたいなあ」

その後、空襲があって、ここに逃げてきた者もいた。その人は、

「ここを出て逃げる時は、みんな、バラバラだな」

と言っていた。

## 戦時下の食事情

戦争中、私の通っていた旧制中学校（五年制）では、それまで続いていた学業が一時中止となった。四年・五年生はすでに軍需工場へ動員されていて、私を含め二年生と三年生は勤労動員として農家へ手伝いに行くことになった。

ただし、一学級の人数を一軒の農家へ行かせたら、人数が多すぎて遊びになってしまう。

そのため、各農家からの何名欲しいといった要望に応じて人数を配分した。

家が農家の私を除いて農家の仕事は初めての者が多く、珍しく一生懸命働いた。

そこへ担任がまわってきて、

「どうだい、やっているか。おう、もう、お昼だな。どうだ、お昼にしないか」

そう言って、腰をおろした。

そこでみんな、先生のまわりに腰をおろした。

先生は、弁当箱を出して食べはじめた。

先生の弁当箱を見て、驚いた。

じゃがいもだけで、ほかには何も入っていなかった。

私の弁当は、さらに変わっていた。

小麦のふすまで作ったせんべいだ。それは、にわとりの餌のようなものだった。小麦をひいて粉にすると、粉とふすまに分けられる。ふすまにいい粉を少し加えて水を入れ、練ってせんべいのようにのばして焼いたものだ。決しておいしいものではない。好んで食べていたわけでもない。

私の家は農家だが、この頃、自由に米を食べることはできなかった。農家は国に米を強制的に供出しなければならなかったからである。それに反した者は罰せられるという、厳しい制度だった。

農家でさえも米が不足していて、白いご飯を食べたいと思ったほどであった。

そんな状態だったので、ほかの家には食べる物がない。もちろん売っている物は何もないのだから、買うこともできない。

当時、お米をはじめ、すべての物は配給制だった。

ただし、配られる量が少ないので、食べ過ぎると後の分がなくなってしまう。

そのため、米に野菜などを加えて量を増やす工夫をした。

配給だけでは足りないので、主婦たちは農家へ行って、着物など大事にしている物を差し出して、食べる物と替えていた。

庭のある家では、そこを利用して野菜やいも類を栽培した。

庭のない家の者が考えたことは、道路を活用することであった。当時は、舗装されていないじゃり道なので、道の両端で栽培した。

農道に目をつけた者は、リヤカーが通れる道幅以外の所で栽培した。

それにしても、種も売っていないのにどうやって手に入れたのだろうか。


戦争が思わしくない方向になると、更に食事情も悪くなった。


ある日のこと、二十二、三歳くらいの青年が食べる物を求めて、私の家に来た。

「私は近いうちに出撃するのですが、食べる物がないので、みんなで手分けしているのです。何か、分けていただけませんか？」

（あーあ、そんな思いをしているのか、特攻隊員にまで食べ物の心配をさせるとは……。上官が用意してやればいいのにな。かわいそうになあ……）

その青年に食べる物を持たせた。

「気をつけてね」とも「頑張ってね」とも言えない。結局、言葉にならなかった。

「自分は〇〇と言います。もし、生きていたら、お礼に伺います」

青年はそう言って帰っていった。


今は、何でも自由に食べることができる時代だ。戦争時代のことを思うと、現代がどんなにありがたいことかと思っている。

## 空襲

ウーー

サイレンが鳴り出した。

警戒警報だ。

サイレンが鳴ると、電気を暗くして、明かりが外にもれないように、黒い布で電気を覆う。

すぐに防空壕へ入るために急ぐ。


ウーー・ウーー・ウーーと連続して鳴り響くと、これが空襲警報だ。敵の飛行機が近くに来てしまっている場合もある。

ラジオをつけていると、警報のサイレンと同時にそれまでの放送は中断されて、「関東地区、関東地区、警戒警報発令」とか「空襲警報発令」と放送される。


警戒警報の場合は、いく分か心のゆとりを感じるが、空襲警報となると、緊迫して気が気ではない。生死にかかわる危険が迫っているからである。

空襲となると、自分の家が破壊される恐れがあり、生きるか死ぬか……生命の危険を感じる。だからといって、逃げられるわけでもない。

また、空襲が昼の場合と夜の場合とでは、全く違ってくる。

夜は、敵の飛行機がどこを飛んでいるか探すために、探照灯（サーチライト）二本、三本が夜空を照らしていた。ライトが交差した所に飛行機を発見すると、すかさず高度・速度を測定し、高射砲（火砲）を撃つ。

また別の夜は、いつもとは違うなと感じた。

ドシン、ドシンと焼夷弾が落ちる音がした。

焼夷弾は、長さ一メートル二〇～三〇センチくらいで、直径は三〇センチくらいだろうか。落ちながら、シャーという音がして、花火のように四方八方に炎が広がって噴き出し、激しく燃えながら落ちてくる。建物に落とされたら大変だ。

この時は、家の西の方四〇〇メートルくらいの所にある会社が燃え、南の方にある会社も燃えはじめた。東の方の家々は、なおも燃えている。

この時は、防空壕へ入ったほうがいいのか、入らないほうがいいのか判断に苦しんだ。

防空壕の近くに落ちたら、入っていた場合は出られなくなってしまうだろうから。

結局、入らずにいた。でも、夜だから、どこに落ちてくるかわからない。助けてくれ、落ちないでくれと祈っていた。


しかし、これどころではない、もっと怖い思いもした。

昭和二十年のある日の昼間のことだった。

その日は、いつもと違っていた。

家族は防空壕に入っていたが、私は入りそこなったので家の裏口の所にいた。

すでに飛行機は頭の上で旋回している。ただごとではない。

(うわー、これは大変だ)

恐怖でゾクゾクした。

すると、ものすごい、たとえようがない音が頭の上に近づいてくる。

もう逃げられない。

空を見上げると、黒いものが見えた。

瞬間に、私は理解した。

(爆弾だ！　頭の上で落とされたんだ。あー、すべて終わりだ。体がバラバラになってふっ飛ぶんだ。どうせ死ぬんだから、どこに落ちるか見てやろう。もう何秒かの命

だ）

ドォーン、ブァーンというものすごい音とともに地面が噴き上がり、その振動で体の自由を奪われ立っていられず、裏口の柱にしっかりとしがみついた。

家は揺れてビシビシと音を立てたので、家がつぶれてしまうのではないかと思った。

黒い物体（土砂やバラバラになった木片）が噴き上がって、一瞬夕方のようにうす暗くなった。木片のいくつかはまだ空をさまよっていた。

（どの辺に落ちたのだろう。北の方だ。あのあたりは、家がまとまっていたっけな。住んでいた人はどうしたろう。心配だな）

後日、北の方五〇〇メートルくらいの所に落ち、三十数名が亡くなったということを聞いた。

（助かったんだ、私は。十五歳で生涯が終わるところだった。防空壕に入った家族はどうしたろう。無事だったことは予想できるが、それよりも爆心地に近い人たちはどうしたろう）

その時、家族が防空壕から出てきた。

かあちゃんは、青ざめた顔をしている。

「よかったな、かあちゃん。俺が死んじゃったかと思ったかい?」

と言うと、

「そうだよ。おまえのことが気になってな……。気が気ではなかったよ。防空壕はつぶれてしまうのかと思ったよ。そしたら出られない、生き埋めになるかと覚悟していたんだ。とにかく、よかったなあ」

と涙ぐんでいた。

「よかったなあ、よかったなあ」をかあちゃんは繰り返していた。ひと安心した。

犠牲になった人はかわいそうになあ。

あの時、何秒か早く落とされていたら、私の家のあたりだったんだろうな。

ふと頭に浮かんだことは、都内からの疎開の人たちの姿である。

彼らは昼となく夜となく荷物をリヤカーに積んで国道十七号を北に向かって歩いていた。

家に来て「休ませてください」と言う人もいた。

「私は新潟まで帰ります。死ぬ覚悟です。一歩でも家に近づきたいと思っています」

と言っていた。その人たちは、どうしたろうか。

## かあちゃん

私は、かあちゃんの愛情に包まれて成長した。しかし、かあちゃんは私とは全く違った育ち方をしていた。

かあちゃんは、よく私に母ちゃんの子どもの頃のこと、若い頃のことを話していたので、その話をまとめてみた。

私の母ふみは、五人きょうだいの真ん中（三番目）である。

ふみの子どもの頃、ふみの母親ふくは、ほかのきょうだいとふみに対しての態度が全く違っていた。

学校へ通って学ぼうとしていたふみに、母親は妹の子守りを頼んでいた。

ふみは、妹が寝てしまうと、母親に気づかれないようにそっと妹を置いて黙って学校へ行った。そのため、家に帰るといつも怒られていた。

学ぼうとしていたふみの執念を見守っていた校長先生が、

「家の都合であるならば、私が学校へ行かせます」と、そこまでふみの親に言ってくれたそうだ。ふみの親に言ってくれたそうだ。しかし、「いいです。余計なことです」と断わったという。

ふみには「女は、ひらがなを知っているだけでいいんだ」と言っていたのに、妹には高等女学校まで行かせている。このことを聞いた私は、（かあちゃんの母親は、継母なのか？）と思っていた。

しかし、よくよく聞いてみると、実の母親だった。

夫の鶴吉とはお互い再婚同士で、鶴吉は洋服店（洋服の仕立て販売をする仕事）をしていたが、一男一女の二人の幼い子を抱えながらでは仕事ができなかったため、ふくと結婚したのだそうだ。（なお、その時、すでにふみがお腹にいたらしいが、鶴吉は承知であった）

そのため、ふくは、ふみが実の子でありながら、鶴吉に気がねして、ふみに辛くあたっていたようだった。

月日は瞬く間に過ぎた。姉のきくは母の愛を独り占めしようと、妹ふみのことを悪く言いふらしていた。

ふみは親の態度に悲哀を感じ、家から出ることを決心した。住み込みで働きたいと、ある知り合いから大学教授を紹介してもらい、その教授からさらに外国人教師を紹介してもらった。

その教授は、京都在住のドイツ人であった。話をしているうちに気に入られたようで、「ぜひ私の家に来てください」と言われた。

念願叶って、ふみは住み込みで働くことになった。

教授や奥さんからは「フミコ、フミコ」と親しげに呼ばれ、メイドに対してとは思えぬほどの心遣いを受けて、おだやかな生活が続いていった。

しかし、幸せは永くは続かないもので、教授は亡くなってしまった。病気を我慢していたとのことだった。

奥さんの悲しみは一通りではなく、見ていることができないほどであった。さんざん泣いた挙げ句、

「私、国のドイツへ帰ります。フミコ、私と一緒に行きませんか。すべての責任は私が持ちます」

と言ってくれた。ふみは、

「せっかくですが、私が一緒に行くわけにはいきません」

と、断った。すると、奥さんは、

「それでは私の気がすまない」

と言い出して、知り合いのフランス人を紹介してくれた。その人も、同じ大学の教授であった。

フランス人教授の家庭でもふみを歓待してくれ、特に子どもが大喜びであった。こうして、和やかな日々が続いていった。

そんなある日のこと。とんでもない人物が訪ねてきた。それは、ふみの兄だった。無口で愛想のない、ぶっきらぼうな人なので、ふみは困ってしまった。

「私の兄です」と、奥さんに紹介すると、

「兄？　フミコの兄？」

と怪訝そうに聞かれた。似ていないので、兄だと信じてもらえない。

（〝兄と言っても母親がちがうのです。この兄の母親が死んだので、私の母が親になったのです。似ていないのは当たり前です〟そう言えばよかったのに……）

「私の実家は洋服を作っています。生地を買うお金が少し足りないので、兄が借りに来たのです」

と説明しても、不信感を持った奥さんには信じてもらえなかった。

兄はそれを見ているだけで黙って立っている。

ふみの姉は近くまで一緒に来ていながら弟だけをここへ行かせたのだ。姉も一緒に来てくれたらと、ふみは悔しかった。

それ以来、奥さんの態度が変わってしまった。

ふみは、このフランス人の家を出なくてはいけないのではないかと思った。これまで教わったフランス語も、もう教えてもらえない。これまでと心を決めると家を出た。

あんなになついていた子どもとも別れた。

「いやだ、いやだ」と離れようとしない子どもの手を振り切って、フランス人教授の家を去った。

（泣きたい、思い切り泣きたい。兄が憎い、姉が憎い。これほどまで私をいじめたい

のか）

ふみは、京都を引き揚げて東京に帰ってきた。これから一人で生きていくためには、手に職をつけなければと考えた。そうだ、髪結いになろう。そのためには、学校へ行かなければならないと思い、独学で文字を勉強した。

その甲斐あって入学が認められ、美容学校に通った。

卒業後は家を借りて髪結いの店を開店した。

私は、かあちゃんが口癖のように言っていた言葉を思い出す。

それは、「何よりも嬉しいことは、朝のうちはからっぽだった箱が、夕方になるとお金でいっぱいになっているんだからね」というものだった。

（そうか、嬉しかったろうな）

しかし、そんな満ち足りた日も永くは続かなかった。

大正十二年九月一日、関東大震災が起こったからだ。ちょ

美容学校のバッジ（拡大）

うどお昼時だ。

家財道具も商売道具もお金も置いたままで家を出た。逃げ回っている途中でお金が気になり引き返して店に戻ると、お金はなくなっていた。

順番待ちをしていた客が数人いたが、だれかが持っていったのだろう。なかったものとあきらめよう。

それよりも身の安全を考えた。着の身着のままで避難する人たちに従って行動するかとも思ったが、統制のとれた集団ではないので不安に思って、単独行動をとることにした。

逃げる途中、いっそのこと死んでしまおうかと思い、燃えている家屋に向かっていくと、なぜか火が遠ざかってしまった。この有り様を見て、神仏が「死ぬなよ」とでも言っているかのように思えて、「よし、生きよう」と、自分をはげました。後日わかったことであるが、ふみの祖母が必死に祈っていたそうだ。

やっとのことで上野の山へ辿り着き、ここで一夜を明かしたが、ずっとここにいるわけにはいかない。ふみは実家へ帰ろうと決意した。

燃えさかる所は避けて歩き、やっとの思いで川に辿り着いた。

すると、橋は落ちている。どうにも渡れない。川を渡るしかない。そう思い、水に浮かぶ丸太にしがみつき、(助けて、助けて) と祈りながら渡りはじめた。命がけの川渡りだった。

とうとう渡れた。渡りきったのだ。

(よかった。よかったなあ。嬉しかっただろうな)

渡れば、あと少しだ。

最後の力をふりしぼって、実家に辿り着いた。

ある日、ふみの実家に縁談話が舞い込んだ。

財産のある家の長男だという。

「酒も飲まない、たばこも吸わない真面目な青年で、あそびもしない。おとなしい人なんです。こういう人はめったにいない」

と世話人が言っていた。

姉のきくは、すっかりその気になってしまった。世話人は、何としても縁談をまとめたいと思って、実情とは違うことをうまく話していた。あまりにもうまい話なので両親はおかしいと気づいた。そこで、この話はきくではなく、ふみに……ということになった。それでもきくは、あきらめることができなかった。

　きくは、

「あたいが行く所へふみが行った」

と言っていたそうだ。この話を聞いて、

（何という親だ。娘を何と思っているのだ。一生のことではないか）

と、私は思った。

　ふみには何も知らせずまとめてしまった縁談だった。

ふみはこの時、髪結いをしていた。


　私の父（幸一）は五人兄弟の長男で、下の弟は四人とも働きもしないでごろごろしていた。結婚した時には、両親（私の祖父母）は、すでに他界していた。

　ふみは、何という所に来てしまったのだろう、ここか

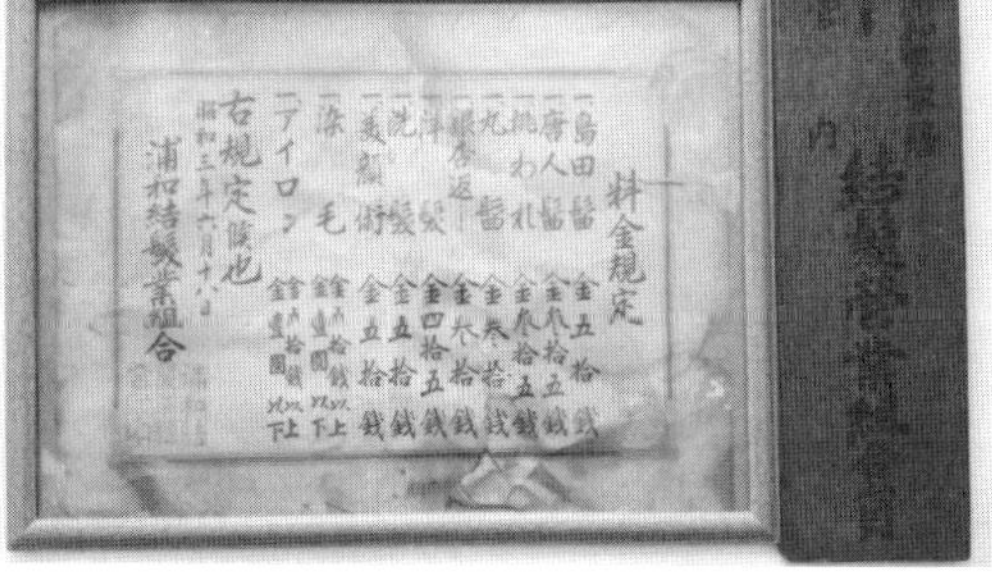


結髪営業組合員証と料金規定

ら逃げたい、いつ逃げようかと考えるようになった。

しかし、逃げようとしても、四人の弟が絶えず家にいるので、逃げ出せなかった。

そのうちに、家を出ることを諦めた。お腹に子どもを宿したからであった。

それが、私である。子どものために自分を犠牲にしようというのだ。子どもからすれば、そのおかげであたたかい母の愛情に包まれたのであったが。

こうして日が経つにつれて、義弟たちと少しずつ気心が知れた間柄になっていった。

かあちゃん（※ここからは、ふみのことはかあちゃんと表記する）は、義弟を思い切って名前で呼んでみた。

「けんちゃん、うちの親戚に畳屋があるんだけど、どう、行ってみない？　気が向かないのなら、やめてもいいんだから」

すると、ふたつ返事で、

「うん。俺、行ってみる。姉さん、頼む。聞いてみて」

と、意外な反応で、けんちゃんは、すっかり乗り気になっていた。

もう一人の弟には、

「たけちゃん、うちの実家は洋服屋なんだけど、どう、行ってみる？　気が向かなければ、やめてもいいんだよ。自分のことなんだからね」

するとゝ二人とも、それぞれ働きに行くことになった。

その後、畳屋へ行ったけんちゃんについて、

「あいつは、一生懸命だよ。見所のある男だ」

と、いい知らせが届いた。

一方、洋服屋へ行ったたけちゃんのほうは、

「お客さま気分でいるんでなあ。どうも……」

どういうことなのかはっきりとわからないが、この仕事は向いていないのだろうか。

後に、けんちゃんは、畳屋になった。


かあちゃんは、近所の者や知り合いの者の髪を結ってあげることがあった。

「紺屋《こうや》（祖父が染めもの屋をしていたので、紺屋と呼ばれていた）のねえさんの髪結いは上手だよ。腕がいいんだなあ」

と、いつの間にか、そんな評判がひろがっていた。

しかし、親父は不機嫌だった。

そのため、かあちゃんは、髪を結うことをやめてしまった。

「どうしてやめちゃったの？」と、言う人もあったが、「おとうちゃんに従わなくてはね」と、言っていた。

（かあちゃんは、どんなにくやしかったろうにな）

必死な思いで掴んだ手に職。それを奪った震災。それにくじけず髪結いを始めたが、結婚してできなくなってしまった。それでも頼まれると結ってあげていたのに、親父が言うのでやめてしまった。

かあちゃんの腕がいいと世間では評判なのに、何だかんだ言って、親父は自分のことしか考えていない。かあちゃんの気持ちなんて全然何とも思っていないからだ。外面はいいが、内面の悪い親父。

妹が三歳で亡くなった時のことは、今でもはっきりと覚えている。

夏のある日のことだった。親父は近所の葬式の後片付けをしていた。その気になれば行くことができたにもかかわらず、暑い中、青果市場に出荷した青物の売上げ金をかあちゃんに取りに行かせた。私と妹を連れて。二人とも暑さにやられて、帰ってくるなりぐったりしして寝てしまった。数時間経つと、元気を取り戻した。

にもかかわらず、親父の弟が外科医を連れてきて、外科医が的外れな診断をして治療をほどこした結果、妹は亡くなってしまった。私はその時、逃げてしまったので、助かった。

しかし、親父は医者にも弟にも、何も言えなかった。


親父は、三度の食事に魚がないと機嫌が悪かった。魚好きは有名だったので、どこかで聞いたのか、ある日、行商の魚屋がやってきた。売る人にとっても買う人にとってもお互い都合が良いので、すぐ、仲良くなった。

それからというもの、行商が毎日欠かさず来るようになったのである。

六か月ほど経ったある日のこと。

「これは、今までとは違うおいしいものです。食べてみませんか」

「じゃあ、それを」

翌日も更にその翌日も「うまい、うまい」が続いた。

これまで、〝うまい〟と言ったことなんてなかったのに……と、かあちゃんは思ったが、あることに気がついた。この頃、親父がうまいと言って食べている魚は、猫も、鼻を近付けるだけで食べようとはしない。もちろん、家族はだれも食べなかった。行商人は、暑い日ざしの中で売り歩いていたのだ。

「おとうちゃん、暑い中売り歩いている魚屋さんには悪いけど、涼しくなるまでやめて。私が親戚の魚屋で買ってくるから」と言うと、

「悪いものは売りにこない」と言って聞かない。

かあちゃんが、「暑いのに十分な冷蔵もしないで……」と言うと、

「うるせえ、俺の金で買っているんだ」

と言い返す。

それから数日後のこと。

「おかしいな、腹が何だか変だな」

それからというもの、強情な親父も、床につくようになってしまった。

日に日に悪くなるばかりであった。

入院するのはいやだと言うので、医者に来てもらうことにした。医者に言われるまま、新薬を手に入れるために、私は、遠くまで出かけた。

しかし、その効果もなく、親父は息を引きとってしまった。かあちゃんは永いこと

泣いていた。昭和三十二年のことである。

行商の魚屋も、同じ頃ぱったりと来なくなり、亡くなったといううわさを聞いた。

親父の四十九日が過ぎると、家の者は、みんな平常心に戻っていた。

「もう、亡くなった人のことは言わないようにしよう」

と言いながらも、気が付くといつの間にか親父の話になってしまう。

私は、それを避ける意味もあって、かあちゃんに聞いてみた。

「かあちゃん、髪結いの店をやったら？」

「やりたいけど、できないよ」

そして、少し間をおいて、

「今じゃもう無理だよ」

と、つぶやいた。

(そうか。そうだよな。かあちゃんがやろうと思っていた頃とは、すっかり時代が変わってしまったのだからな)

ある日のこと。

それまで家に来たことはなかったかあちゃんの母親——私の祖母が訪ねてきた。

誰が来たのかと玄関に出ると、私を見るなり、

「しばらく会わないうちに、立派になられたね。幸男さん」

と、言われたが、私は、何と言ったらいいのか適切な言葉が出てこなかった。こんなことで間をあけないようにと思い、かあちゃんに引き継いだ。

祖母とかあちゃんは、長いこと話をしていた。

そのうち、「すまなかった。すまなかった」という声が聞こえてきた。

今更言ったって……と私は思った。

かあちゃんはどんな気持ちで聞いていたのだろうか。許せるのだろうか。それとも、許せないのだろうか。

人間の一生は二度とない。

## かあちゃんの思い出

ある時、かあちゃんが私に言った。

「お前が一歳半の時、家を出たいと思ったんだよ。お前を連れてな。とうちゃんがあまりにもわからずやで自分勝手だから。そのことを母親に相談したんだよ。そうしたら、〝その子を置いてきて乳母に行きな〟と言っていたんだよ。かあちゃんは、『そんなこと、できないよ、この子がかわいそうだよ』と言ったら、〝それじゃ、がまんしろ〟と言われたんだ」

そうか、親父はなぁ。かあちゃんは私のために、がまんしたんだなあ。

また、ある時は、

「かあちゃんが働いていればお前に習い事をさせることができたのになあ。絵が上手だから、それを伸ばしてやりたかったんだよ」

とも言っていた。

私の描く絵は、たしかに誰もがうまいなと言っていたっけなあ。それを更に伸ばしてやろうと思っていたのか。

あれは、五年生の時だったな。かあちゃんが「じゃがいもを煮ておいてくれよ」と言ったのは。

「じゃがいもは俵の中に入っているけど、新じゃがだったら、畑の中だよ。どっちでもいいから。頼んだよ」

そう言われて、私は、迷わず新じゃがにしようと思った。

畑へ行って土の中に手を入れ、大きいのを探して取り出した。水でよく洗い、切って鍋に入れ、火にかけた。箸で刺してみたらちょうどよかったので、砂糖を入れて甘くした。これでできたぞ。


また、別の日には「カレーを作っておいてくれよ」と言われた。私は、何でかあちゃんは私に作れと言っているんだろう。と考えた。

(そうか、親父のせいか。親父が野良仕事を一緒に遅くまでかあちゃんにやらせているからか。だから、作ることができないんだな)


夕食後、かあちゃんが編み物を始めた。

器用に指が動いている。

毛糸の玉が動いて、私のほうに転がってきた。
それを拾って、
「かあちゃん、何を編んでいるの？」
と聞いた。
「お前のセーターだよ」
それを聞いて嬉しくなった。
編むのって面白そうだなと、じっと見ていると、
「お前もやってみるか？」と言うので、手を伸ばして受け取った。
かあちゃんから言われる通りに指を動かした。
面白いので夢中になった。
(こんなことにまで、気を配っているんだなあ。ありがたいものだなあ)

かあちゃんと二人で、東京へ行った時のこと。
用事を済ませて家に帰ることになった。かあちゃんは、何か食べようとは言わなかった。私は、東京へ来たのだから、何か食べたいなあと思っていたのに。

すると、かあちゃんは、人通りのない所へ行って、「これ、食べな」と、ソーセージを出した。

うちから持ってきていたのか。私が、

「かあちゃんも食べたら？」

と言うと、

「いいよ」

と言うだけだった。

店に入ると高いからなのか、時間がかかると家に帰るのが遅くなるからか。親父がうるさいからな。

あの時のことを思い出すと、何だか複雑な気持ちになる。

きょうだいもそれぞれ、かあちゃんとの思い出があるんだろうな。

# さちさん（私の妻）

私の妻は幸子さんなので、さっちゃん。

さっちゃんというと、さっちゃんはね……という歌を思い出す。あまりいい印象ではないので、〝さちさん〟ということにする。

さちさんと出会ったのは、昭和二十七年、埼玉大学で受講した三カ月間の技能科の音楽研修会だった。

受講生のほとんどが女性で、男性は六人ほどであった。

女性の中にひときわ目立つ美人がいた。その美人がさちさんだった。

近付きたいなあと思っていたが、朝から夕方まで音楽責めで、その日の予定が終わると、さちさんは遠くから来ているようなのですぐ帰ってしまう。

そのうちに、三カ月の研修会も終わるということになってしまった。

結局、一度も話をすることはできなかった。

あの美人と話をしたいと思っていたのは、私だけではなかったと、後日、耳にした。

この研修会は県内の各地域に存在する音楽教育研究会で、会長（校長）が有能な後輩を育成するために、埼玉大学の助力のもとに推進されているものだということだった。

それから六年の月日が流れ、研修会の時のこと、ましてや美人教師のことなどすっかり忘れてしまっていた。

ある時、埼玉県教育委員会委嘱の音楽研究発表をする学校があるということを知った。

それは、研修会の時に一緒だった人のいる学校で研究発表をするというものだった。

私は、ぜひ行ってみたいと校長に事情を話し、許可してもらった。

後日、その学校へ向かった。

研究発表が終わって辺りを見回してみたが、一緒だった人を探しても見当たらなかった。

しかし、いつかどこかで見たような人がいた。

（あっ、あの美人だ）

彼女も研修会に来ていた一人だった。

やっと思い出した。でも、何という人だったかな？　どうしても名前が思い出せない。聞くのもおかしいか……と思いつつ、声をかけてみることにした。

「しばらくでした。お元気でしたか」

私は、いかにも気にしていたかのように聞いた。（なんだ、調子のいいことを言っているな）と自分でも思ったが、このまま別れてしまうのは何とも惜しい。

「今日はお話しすることができませんでしたね。日を改めていかがでしょうか」

と、思い切って言ってみた。いい返事を期待しながら。すると、

「いいですよ」

と言ってくれた。

（ああ、よかった）

彼女は紙を出して、自分の都合のいい日を書いてくれた。

時間と場所、住所、電話番号まで。

「私の家は、こっちのほうですので、これから自転車で帰ります。どうぞ気をつけてお帰りくださいね」

この人が生涯連れ添うようになろうとは、この時は夢にも思っていなかった。

その後、一回目のデートの日となり、わくわくして、何から話そうと考えていると、彼女が、「私から言いだしてごめんなさいね」と言うと、話すわ話すわ、次から次へと、止まらなくなるほどよくしゃべり出した。そして笑っている。

私のしゃべる隙などないほどだった。

(これはいい、明るい人だな)

両親のことがよく出てくる。和やかな家庭のようだなと思いながら聞いていた。

しかし、彼女は、私があまりしゃべらないのが気になっていたらしく、両親にはあまり喋らない人だと言っていたそうだ。

その後、何度か会ったある時のこと、

「これから寒くなりますね。私、セーターを編みましたので、お届けに参ります」とのこと。それを聞いて、私は、びっくりするやら嬉しいやら。それは、最初のデートからとんとん拍子に彼女がこんな感情になったのではないからである。

私は、いつも不安だった。そして、その予感は的中した。

ある日のこと、彼女が言い出したのは、意外なことだった。

「あなたの家のことを調べたら、女の人の名前が載っていた。私のような遠い所の者ならわからないと思って近づいてきたんでしょ？　だからこのお付き合いも、もうこれで終わりにしましょう」

どうも彼女の両親が興信所に頼んで調べたようだった。そう言われ、私は驚いて泣きたい気持ちになったが、しっかりしなくてはと自分を叱った。

その名前の載っていた女性というのは、親と知り合いになり、私の親が一方的に気に入って（お付き合いしていたわけではない）いずれ嫁に来てくれるものと信じて米を持って行ったことがあったのである。戦後も国で米の管理（統制）をしていて、まだ撤廃されていなかったので、役所には一人増員してその女性の名前を届け出していた。至って簡単な手続きである。

ただし、その女性は、

「先生は、固苦しいから嫌いだ」

と言っていたそうだ。この一語で、結婚する気はないことがわかった。最初から親がだまされていたのかもしれない。

さちさんの誤解を解くために、断られても何度も説明した。彼女には二度断られたが、三度目にやっと了解してもらえた。私の真意を理解してもらえて嬉しかった。

私の家に来ると言っているのは嬉しいことではあるが、まだ来たことはないので心配になった。

ある日のこと、さちさんは編み上げたセーターを持って、突然、私の家に来た。寒いのに朝早くからバスや電車を乗り継いで、私の家は駅から遠いのに、住所を頼りに歩いてきたのだ。

(ありがとう、ありがとう)

こんなに嬉しいことは、今までになかった。

はぁはぁと吐き出される白い息を見つめると、言い尽くせないほどの愛情を感じた。

「何時頃出てきたの」

と聞くと、

「七時頃だったかな」

と、あっさり答えた。

三時間も外にいたんだ。

「すまなかったね。セーターの色もいいよ」

（さちさんが夜なべをして編んでくれたセーター……）

私は、「かあさんの歌」を替え歌にして、口ずさんだ。


彼女は、誰からも好かれる人で、彼女が勤めていた村の村長さんに、

「先生に合うお相手を探してあげましょう」

と言われたことがあったそうだ。

また、音楽の研修会で一緒だった人（私も知っている）にも、「俺と結婚しないか」

と言われたことがあったらしい。

## 不思議

さちさんは、結婚後も教師を続けた。勤務地が戸田市内の学校に変わり、約十年勤務して、蕨市内の学校に転勤となった。地域の親たち、生徒たちの評判も良く、特に社会科の副読本の作成に従事したり、研究も進めていたようで、蕨生まれの私が逆に聞く有り様であった。

それに話術が巧みで、面白い面白いと、みんなにうけていた。しかし、何といっても真似ることができないのは霊感で、本業の人も認めるほどであった。

子どもたちの騒ぎ方でその後の天気がわかり、当ててしまう。放課後、その時は晴れていた。さちさんは、なかなか帰ろうとしない子どもたちに声をかけた。

「さあ、みんな。早く帰りなさい。雨が降ってくるよ」

子どもたちは、

「うそだい。天気いいのに、早く帰らせようと思って言っているんだろ」

と反抗したが、「先生の言うことを聞いて帰ります」と言って帰った子もいたそうだ。

翌日、子どもたちに「きのうはどうだった?」と聞くと、早く帰った子は雨が降る前に家に着いたそうだが、すぐに帰らなかった子は「ぼくは、すっかりびしょ濡れになったよ」と言い、先生の言う通り早く帰ればよかった、と後悔したらしい。

朝から天気が良かったので、同僚にも、

「あら、先生、傘を持って来たのですか?」

と驚かれた。

「帰る頃、雨になると思って」

帰る頃になると、さちさんが思った通り、雨が降っていた。

「あら、いやだ。雨になるなんて。……朝は晴れていたのに」

と、同僚の先生は言っていたそうだ。

私が学校に勤務していた時のこと。

大事な書類をなくしてしまい、どこを捜しても見つからない。すると、三日ほど経った時、

「あんたの学校に観音開きの部屋があるね。その部屋には黒い戸棚があって、上の段はびっしり詰まっている。その下の段は、右のほうには文書が何冊か立てかけてある。左の方には何冊か積み重ねてある。その一番下にあるよ」

とさちさんに言われたが、その時は、半信半疑であった。

しかし、調べてみると、言われたその通りであった。行ったこともないのに、何でわかるんだろう。すごいなあ……と思いながら感謝した。

家族と車に乗っていた時のこと。

助手席に乗っていたさちさんが、いきなり、

「今日は、そこを曲がってはダメ」

と言う。

「どうしてダメなんだよ」

「左の後輪が落ちるから」

と言う。しかし私は、

「落ちるわけないよ」

と言って左に曲がった。

途端にガタンと後輪が側溝に落ちてしまった。

(おかしいな、こんな所で落ちるとは……)

このままというわけにはいかないので、車を降りて引き上げようとした。幸いなことに周辺にいた人たちがやって来て、大勢で引き上げてくれた。格好が悪かったが嬉しかった。

恥ずかしい思いをした。そうだな。言われた通りにすればよかったなあ。


旅行に行った時は、こんなことがあった。

箱根のある旅館でのこと。

布団を敷く時間となり、従業員が部屋へ来て、敷きはじめた。

すると、いきなりさちさんが、

「番頭さん、この仕事は本業ではありませんね」

と言い出した。

「やめなよ。失礼だよ」

と私が止めると、番頭さんはちょっと考えていたが、

「実は……そうです。私の仕事はほかにあるのです」

「それは、頭を使う仕事ですね。例えば、音楽とか」

と更に聞くと、

「そうです。私は○○音大でオペラを指導しているんです」

と答えるではないか。それを聞いた私は、妻もその学校で……と言おうとして妻の顔を見た。すると、「言うなよ」というように見えたので、言うのをやめてしまった。

その人は妻にズバリと言われて、どんな気持ちだったのだろうか。


新潟へ行った時、夕食が終わると孫たちは、何もすることがなくつまらなそうにしていた。するとさちさんは、

「番頭さん、孫たちは蛍を見たことがないので、見せてやってくれませんか」

と、言った。

「お客さん、それは無理なことです。もう蛍なんて飛んでいませんよ。時期外れです。私たち地元の者が言うんですから」

するとは、

「飛んでいると思うのですが。その場所だけでもいいので見せてやってくれませんか」

と頼んだ。

番頭さんは、少し考えて、

「それでは、みんなで行きましょう」

と、ほかの部屋の人にも声をかけ、希望者を集めてバスで出かけた。

目的地に着くと、辺りは霧に包まれていた。少しすると、その中から蛍が出てきた。

「あれ、蛍だ！」

みんなを迎えるかのように飛び回っている。

「うわー」と、みんなで声を出して喜んだ。

蛍はこちらに向かって飛んでくる。何とも不思議だなあ。番頭さんも同じ気持ちだったことだろう。

# 車道楽

私は、妻から呆れられるほど車が好きで、懐のことは一切考えずに、次から次へと乗り替えた。それもすべて新車で、計十三台。車種はパブリカからはじまり、コロナとなり、クラウンに乗り始めたのが五十年前のこと。それ以来、クラウンを七台も乗り替えた。一番短いのは一年十カ月であった。

六十歳を過ぎて、これが最後と買ったクラウンは、今でも現役だ。ただし、現在は家族が乗っている。

七十代後半のある時、妻に「危ないから運転やめたら」と何度も言われていたが、その頃は、やめる気はなかった。

ところが、七十九歳の時に入院。それをきっかけに退院後は、すっかり運転をやめてしまった。

トヨタパブリカ

若い頃は、車が新しくなると嬉しくなって、どこかへ行きたくなる。

家族を乗せて、さらに見聞を広めるため、特に関東地方の名の知れた所はあちこち行った。

遠くは京都、大阪、神戸、広島、淡路島、小豆島など。四国は高松から松山まで。瀬戸内海を右に見ながら、何時間も走った。

知らない道は、道路地図を頼りに。それでもわからなければ、道沿いのお店の人や歩いている人に聞いた。長い距離を運転しても疲れを感じなかった。

ある土曜日の午後のこと。

「さあ、行くぞ」

と、私は家族に言った。

「どこへ?」

「どこへ行くの?」

「京都だよ」

「ええーっ⁉」

と、家族は驚いている。誰も喜ぶ様子はなかった。それもそうだな。前もって言ったわけではないのだから。

「悪いな。わがまま言って」

いきなりだったが、私の母も乗せて総勢五人で出かけた。夜中も走り、どこにも泊まらずに翌日家に帰ってきた。


それから数年後、大阪へ出かけた。

高速で関ヶ原にさしかかった時のこと。

「関ヶ原だ」

「関ヶ原の戦いがあったのは、この辺りなのかな？　大勢の人がなくなったんだろうね」

そんな話をしていると、

「あれっあれっ」

不思議なことにだんだんと速度が落ちてきた。アクセルを踏んでいるのに。おかしいな。そのまま走るわけにはいかないので、道路の端のほうへ移動して車を停めた。

新車で、しかも購入して十日くらいなのに。

そんな状況でも妻は、冷静だった。

私も、なぜか慌てることなく、三十分ほど経って車を動かしてみようと思った。

すると何事もなかったかのように車は走り出し、停めていた場所から遠ざかるにつれて、速度も出てきた。

だんだんと高速での正常な速度に戻った。その後、大阪、京都をまわった。次第に帰りの関ヶ原が心配になった。

帰りの高速道路で関ヶ原にさしかかると、何も言わずに、ただ一途に走った。

ああ、よかった。無事に通過することができた。

## 空中風呂

学校が冬休みに入ってしばらく経ったころ、瀬戸内海に浮かぶ小豆島へ家族で出かけた。

フェリーで小豆島へ渡り、車で島内をまわった。次第にその日の宿が気になりはじめた。どこも予約をしていないからだ。

さて、今夜の宿は、どうしたものか。予約をしておけばよかったと後悔しながら運転していると、〝空中風呂〟と書かれた看板が目に入った。

空中風呂って何だろう。そうだ、ここで聞いてみよう。

「今日、泊まれますか？」

「少しお待ちください」

と言うと、その人は奥へ入って行った。

少しすると、女将さんが出てきた。

「どうぞ」と言われたので嬉しくなった。

ああ、よかった。

案内されて部屋に入ると、港がよく見えた。

二人の子は窓に顔を寄せ合い、フェリーを見て騒いでいた。

一時間ほどすると、

「お風呂はどうですか」

郵便はがき

料金受取人払郵便

新宿局承認

2524

差出有効期間
2025年3月
31日まで
(切手不要)

160-8791

141

東京都新宿区新宿1－10－1

(株)文芸社

愛読者カード係 行

| | | | | |
|---|---|---|---|---|
| ふりがな<br>お名前 | | | | 明治 大正<br>昭和 平成 年生 歳 |
| ふりがな<br>ご住所 | □□□-□□□□ | | | 性別<br>男・女 |
| お電話<br>番　号 | (書籍ご注文の際に必要です) | ご職業 | | |
| E-mail | | | | |
| ご購読雑誌(複数可) | | | ご購読新聞<br>新聞 | |
| 最近読んでおもしろかった本や今後、とりあげてほしいテーマをお教えください。 | | | | |
| ご自分の研究成果や経験、お考え等を出版してみたいというお気持ちはありますか。<br>ある　ない　内容・テーマ(　) | | | | |
| 現在完成した作品をお持ちですか。<br>ある　ない　ジャンル・原稿量(　) | | | | |

<table>
<tr><td>書　名</td><td colspan="4"></td></tr>
<tr><td rowspan="2">お買上<br>書　店</td><td rowspan="2">都道<br>府県</td><td rowspan="2">市区<br>郡</td><td>書店名</td><td>書店</td></tr>
<tr><td>ご購入日</td><td>年　　月　　日</td></tr>
</table>

本書をどこでお知りになりましたか?

1.書店店頭　2.知人にすすめられて　3.インターネット(サイト名　　　　　　　)

4.DMハガキ　5.広告、記事を見て(新聞、雑誌名　　　　　　　)

上の質問に関連して、ご購入の決め手となったのは?

1.タイトル　2.著者　3.内容　4.カバーデザイン　5.帯

その他ご自由にお書きください。

(　　　　　　　　　　)

本書についてのご意見、ご感想をお聞かせください。

①内容について

②カバー、タイトル、帯について

弊社Webサイトからもご意見、ご感想をお寄せいただけます。

ご協力ありがとうございました。

※お寄せいただいたご意見、ご感想は新聞広告等で匿名にて使わせていただくことがあります。

※お客様の個人情報は、小社からの連絡のみに使用します。社外に提供することは一切ありません。

■書籍のご注文は、お近くの書店または、ブックサービス(0120-29-9625)、セブンネットショッピング(http://7net.omni7.jp/)にお申し込み下さい。

と言われたので、先に妻と子どもたちを行かせた。

しばらくすると、

「パパ、お風呂だよ」

「じゃあ、行くか」

空中風呂ってどんなものだろうかと思いながら、上の階へ行った。ここか。入ってみると、ガラス張りであるだけだった。

(なんだ、これが空中風呂か)

そう思って辺りを見ると、外の景色は見事だ。刻一刻と日が沈んでいく。

夕やけの雲が空一面に広がり、その美しさは何ともたとえないようがない。

空中風呂、すばらしい！

夕食の時間となり、部屋に料理が運ばれてきた。大きな舟盛りに活きのよい魚がのっていた。数えてみると、十三匹。

「生きているみたいだね」と、子どもが魚の頭をちょっと触ると一匹が動き出し、畳の上でピシャピシャと暴れ出したではないか！　子どもたちは驚いて、大騒ぎとなった。

その騒ぎを聞いて仲居さんが部屋に来て、「静かになりますよ」と、言って魚をつかんだ。

そのあと、部屋に鍋を持ってきて魚を入れた。

「もう、食べられますよ」

と、言われたが、妻も子どもたちも手を出そうとしない。鍋を見ているだけだった。

この様子を女将さんは、にこにこ顔で見ていた。

「実はね、今日は大晦日なので客をとらないつもりだったのですが、あなた方がお困りのようなので、お受けしたというわけでございます」

「そうですか。本当に助かりました。ありがとうございます」

ありがたく嬉しかった。

翌日、「またいらっしゃい。ここには、色々な魚があります。ぜひ、いらっしゃい」

「また、来ます」

去りがたい気持ちであったが、フェリー乗り場へ向かった。

フェリーに車を乗せると、甲板に上がった。すると、岩壁に女将さんが女の子を連れて来ていて、紙テープを持っていた。

女の子に紙テープの片を持たせると、私たちに紙テープを投げてくれた。私はそのテープを持った。その時、私はりんごを持っていたことを思い出し、急いで船から下りて手渡し、すぐ船に戻った。

ボーッ。船は静かに動き出した。

船は、だんだん離れて行った。

「さようなら」

次第に遠ざかり、見えなくなるまでそれを見ていた。

数か月後、妻は子どもたちと姉（義姉）と子どもたちを連れて小豆島へ行った。私も行きたくなって、電話で妻に「明日、行くぞ」と言って、翌日、飛行機とフェリーで行った。

## 車の事故

車での思い出は数多いが、時には予期しないこともあった。あの時のことは、思い出すと今でもぞっとする。

朝、出勤するため妻と二人で車に乗っていた時のこと。

信号のない交差点に差しかかると、いきなり左から車が出てきて、ドンとぶつけられた。

「わあーっ！」

私は、とっさにハンドルを左にきった。それは必死な思いであった。右にきったら対向車にぶつかってしまうおそれがあるので……。

ぶつけられた衝撃で両足は上がり、頭は天井にぶつかりそうだった。

幸いにも、妻も私も怪我ひとつしなかった。車の後部ドアが少しへこんだだけであった。

クラウンなので、これだけですんだのだろうか。乗る身分ではないが、体を守るために事故後も同じ車種に乗っている。

# 運転をやめる

冬のある日のこと。

妻が「あんた、病院へ行ったほうがいいよ」と言い出した。その時は、私は行くほどではないと思っていたのだが、あまりにも妻が言うので、近くのクリニックへ行った。

先生に「両腕を真っすぐにして前に上げてください」と言われ、腕を上げた。

「では、歩いてください」と、言われたので、歩いてみた。

先生はその様子を見て、

「大きな病院へ行ってください」

と言った。

そう言われると、行かないわけにもいかないので、仕方なく病院へ行った。

検査をすると、「脳梗塞です」。

そうか脳梗塞か。

「入院ですか?」と聞くと、「入院です」と即答された。

そう言われたら、しょうがないか。入院することになってしまったか。

そのまま入院となった。

病室は、六人部屋。私は一番奥の窓側だ。初めての入院なので、見るもの聞くもののすべてが珍しかった。

病院の食事は、どんな物が出るのだろう。

まずいのか、おいしいのか……そんなことも考えていた。

点滴はベッドの所で固定していたので、移動することはできなかった。

このままではなあ。何かできることはないかなあ。

そうだ。英語の勉強をしよう。ふだんから英語の勉強をしていたので、そう思った。

翌日、その本を持ってきてもらった。

ここなら、いつもよりできるぞ。病気のことは何も考えなかった。

私の隣の患者は脳梗塞で五回目の入院だそうで、

「俺には、退院の日は来ないんだ。あの世へ行くだけなんだ」

と、ぼやいていた。

「いや、そんなことはないよ。私だって退院できるかわからないんだよ。本当は大きな声で歌いたいと思うんだけど、みんなの迷惑になるから、これなら邪魔にならないだろうと思って、本にしたんだよ」

そんなことを話している時、看護師が入ってきて、その話を聞いていたが、すっと出て行ってしまった。

私のいる部屋も、気をつけて見ていると、いつも六人ではなく増減があることに気がついた。

（あの人はいなくなったけど、退院したのかな。それとも部屋がかわったのかな）など気にするようになっていた。

院長が、日に一度回ってくる。それでも私は平気で勉強していた。

退院が決まったある日、院長が、

「ベッドがあいているので、もう少し入院していていいんですよ」

と、耳に近付いて言った。

本気なのか冗談なのかわからなかった。

こんな所で勉強する患者はいないんだろうな。

二十日間の入院生活から感じたのだが、健康であるためには絶えず自分の体を観察することが大切ではないだろうか。

それと、家族に心配や迷惑をかけないようにすることも大事なことだと思った。

私は、入院するまでは車を運転していたが、退院を機に、あれほど好きだった運転をやめた。その後も運転したいとは思わなかった。

## 私の店『スターローズ』

私は定年を待たずに教員を辞めて、ミュージックパブ『スターローズ』を開店した。憩いの場を作りたい、それによって私が念願とする人物とも出会えることがあるのではないかと思って。

開店する前のことだ。私は、ある人物との共同経営を考えていた。

これまでとは全く違う世界なので、一人では無理だと思ったからである。

そのことを知った妻はどんな人か会ってみようと思ったようで、一人で出かけていった。帰ってくると、

「あの人とはやらないほうがいいよ」

と、静かに話し出した。

妻に言われたその一言で、共同経営はやめることを考えた。それは、これまでにも妻の言ったことがずばりと当たっていたからだ。

その後、知り合いから、お店を貸したいという人がいるとのことで、その店を見に行った。

広い、駅から遠い。これはいい！

客にとっては駅に近いほうが便利かも知れないが、私にとっては、優利なことは望めない。広いということは、限りない利用価値を感じる。憩いの場として高級感を出したい。ここなら、それを叶えることができるのではないか。

そう考えると、一人でやってみようと決心した。

まず、高級感を出すためにどうするか。

すると妻が言った。

「ピアノでも置いたら？　うちのピアノを持っていったら？」

「だめだよ、黒いピアノでは。白い（アイボリー）グランドピアノ。これが、人をひきつける効果があるんだよ」

料理はどうしたものかなあ。人をたのまなくてはならないかと考えていると、

「いいよ、私がやるから」

と、妻が言い出した。

私は、妻と一緒にやろうとは思っていなかった。妻はアルコール嫌いで全く飲めないどころか、夜の店に行ったこともなかったからだ。

私は、全くの素人なので、経験者に助言を頼むことにした。

店内の改装も終わり、開店の運びとなった。食材の仕入れは経験者（マスター）に行ってもらうことにした。

開店して何か月か経ったある日のこと。

「あんた、仕入れに行ってくれない？」

と、妻（大ママ）が言い出した。

「うーん、マスターが行ってくれているじゃないか」

「それが問題なんだよ」

マスターは、いらない食材もどんどん買うのだという。

「うーん、やっぱりな。やっぱりそうか」

俺が行かなければ駄目か。

「マスターに『それは、いらないよ』と口を出すと、『素人はそう言うけど、商売をやっていくには、いらないものでも揃えておかなくてはならないんだよ』と言っているんだよ」

さらに、

「マスターは仕入れの途中でも、お昼近くになるとお店にさっさと入って、ママもどうぞ、とさも自分で払うようなふりをして高額なものを注文してビールも飲むんだよ。それでいて支払いは、いつも私だよ」

さらにビールを飲んでいるのに運転しようとする。

「マスター、捕まったらどうするの。やめて」と大ママがたしなめると、

「いや、今頃は大丈夫なんだ。そんなこと気にしなくてもいいよ」

と言って、やめようとはしなかったそうだ。

このままではいけないと思って、私は上手な断り方を考えた。

「マスターに仕入れの一切をやってもらっていたんでは、いつになっても独り立ちできないから、思い切って突き放して、私たちにやらせてください」

と言った。

マスターはしばらく考えていたが、

「まあ、やってみたら。素人では心配なんだけどなあ」

と言った。

翌日からは、大ママと二人で出かけた。

大ママの仕入れは、他人とは全く違ったものであった。

「なんだよ。こんなにたくさん。もし残ってしまったらどうするの。まさか捨てるのはもったいないないし」

「大丈夫。これだけ……いや、少ないかな？」

「予約が入っているわけではないのに、使い切れるか気になるよ」

「大丈夫だよ。気にすることはないよ」

その夜は、予約は入っていなかったのだが、大量に買った食材はすっかり出てしまった。

その反対のこともあった。

「なんだよ。今日はこれだけか。みっともないよ」

「今夜はこれだけでいいんだよ」

その夜は、大ママの言った通り客が少なかったので間に合った。

そんなわけで、無駄な買物はすっかりなくなった。

そんなことを知らないマスターは、

「どうだい？　俺がいなくても大丈夫なのかい」

と言っていたが……。

更に大ママは、客が喜ぶことを考えた。

お通しは、いつも三品用意し、毎日違うものにする。それを楽しみに来る客もいた。

二人で来た客には「はい、サービスよ」と言って料理を一品出す、頼んでいないのに。

「お金取るんじゃないだろうね」

「二人で来てくれたから、私からのサービスよ。お金は取らないわよ。また連れてきてくれたら、サービスするわよ」

人当たりが良いので、客をひきつける力がある。そういったことも店が繁盛するきっかけになったのだろうか。

アルコールを提供する店でありながら、それでも大ママは一滴も飲まなかった。忘年会の時期になると、昼、夜と予約が次々と入る。嬉しい半面、忙しかった。大ママは忙しく動き回っていたが、それでも疲れたとも不平も言わなかった。ありがとうと、私は感謝した。

## 店を間違えた客

ある夜、客が数人入ってきた。それに続いて一人の男が入ってきた。その男は作業着姿で、履物には泥がついていた。

男は店内を見回すと、

「もったいないなあ。こんなに広くて」

想像していた店とは違いすぎていたのだろう。

さらに、

「こんな絵なんか、なくていいんだよ」

とか、グランドピアノを指差して、

「あんなもの、じゃまになるだけだ」

とか言い出した。

よほどグランドピアノが目ざわりだったのだろう。

そして、カウンターを指差しながら、

「これだよ。これでいいんだよ。客が六、七人座れるような、小ぢんまりした店だったらいいな」

と言った。

「希望するような店ではなくて、ごめんなさい」

「俺は、こういう店は嫌いだ。飲んでもうまくない」

「誠に申し訳ありません」

私は何度もこの言葉を繰り返した。

「お客さんは、店を間違えたんですよね。気に入った店が必ずありますよ」

と私が言うと、「そうだな」と、言って、その男は帰って行った。

## 若い客

ギーッとドアの音をさせて、若者が四人入ってきた。

店内を見回している。

この店には、どんな女の子がいるのかなとでも想像しながら入ってきたんだろう。

馬跳びでもするように、ひょいと椅子に腰かけた。

女の子が早く見たい、早く出てこないかな、と言わんばかりにそわそわしている。

しかし、当然いくら待っても出てこない。

そのうち、しびれをきらした一人が、

「どうしたんだよ。早く出てこいよ」

と口火を切った。

そしてしまいには、

「マスター、どうしたんだよ、女の子は」と、怒り出した。

「気紛れで、来たり来なかったりするので、店としても困っているんです」

と私がとっさに答えた。

「ふーん、つまんねえなぁ、この店は」

「行こう、行こう」と口々に言って、椅子を蹴って立ち上がり、さっさと帰って行った。

## あるお客

その日は、店のドアに満員御礼の紙を貼った。

店内は、話し声、笑い声でにぎやかだった。

すると、突然「キャー！」という叫び声。

それまでの和やかな雰囲気とはすっかり変わってしまった。

ボトルはひっくり返り、氷はあちこちに散らばり、ミネラルウォーターはテーブルからたらりたらりとこぼれていた。ズボンのすそのほうまで、びっしょりと濡らしている。連れの者はなく、一人だ。

だれかと争った様子もない。

従業員は、

「お客さん、立って。このままでいるわけにはいかないでしょ。お客さん、さあ、立って」

と声をかけるが、

「いいよ、放っておいてくれ」

と、男は頑として動こうとしない。

周りの客は見ているだけで、誰一人手を貸そうとする者はいなかった。

(何でこんなことをしたのかな。若い者ではないのに……)

従業員は手に負えないと思ったのか、大ママの所へ行った。

「大ママ、お願い。代わって」

そのことを聞いた大ママは、乾いたタオルをわしづかみするとお客の所へ行き、

「お客さん、そのままじゃ体のためにはよくないですよ。体が冷えてしまうので、席を取り替えましょう」

その客は同じ姿勢でじっと考え込んでいた。

「そんなに、俺の体のことを思っているのか」

「そうです。お客さんの体のためにね」

「そうか。そんなに俺の体のことを思ってくれているのか」

「そうです」

「ありがとう。体のことを気にしてくれてありがとう」

客は、いつまでもじっと大ママを見つめていた。これまでの様子からすれば、ほかの誰が説得しても動かなかっただろう。

それから数日後のこと。

すっかり変わった彼がお店に入ってきた。

「おはよう。元気？」

この前は迷惑かけたねとでも言いたいのを言えなかったのかな。あの時汚したテー

ブル、椅子が気になっているのか、その席を見ていた。そして、別の席に座るといきなり、

「俺は十一月生まれなのだけれど、マスター、いや、先生は何月生まれ？」と、聞いてきた。

「十一月生まれだけど」

「ああ、同じ月に生まれたんだ。ほかには誰か……」

その声が聞こえたのか、別の客から、「あー、ここにもいるよ」という言葉が返ってきた。十一月生まれの人が四人手を上げた。

「早速ありがとう。俺は嬉しいよ。十一月生まれが、こんなにいるなんて」

その後、意気投合して、十一月の会をやろうということになった。

「十一月は霜月なので、名前は『霜月会』でどうかな」と、言うと、

「いいね」と、満場一致した。

それから数日後、一回目の霜月会を開いた。

みんな、何だかしばらく会わなかった友達のようにはしゃいでいた。

霜月会を発案した客（彼）は、その後よく店に来るようになり、さらに勤務先の人

たちも連れてくるようになった。

日が経つにつれて、なぜか彼と打ち解けるようになっていった。

ある日のこと、

「家に来てくれないか」

と言われたので、後日、大ママと二人で彼の家を訪ねた。

彼の奥さんが快く迎えてくれた。

「お元気ですか」と聞くと、あまりいい返事ではなかった。何だか気になって、大ママと顔を見合わせた。その後も気になっていた。

それから二か月ほど経ったある日、彼の奥さんが亡くなった、という知らせを聞いた。

奥さんの四十九日が過ぎたある日、ひょっこり彼がやってきた。

「やあ、いらっしゃい」

と言いながら、彼の顔を見て驚いた。次の言葉は呑み込んでしまった。

彼が、何ともいえない顔色をしていたからだ。

「いらっしゃい」

と、従業員であるママがにこやかに声をかける。〝どうしたの。その顔。きょうは変よ〟なんて言い出したら大変だ。私は、とっさに彼女の背中を突っついた。ママは、私の方へ振り返った。それで、これは何かあると感じたのか、彼女も黙っていた。

「お忙しいでしょう」

「ああ」

彼はあまり話をしたくなさそうだった。

それから、店内をあちらこちらと見回していた。

「今日は、もう帰るよ」

寂しそうな感じであった。

ママは、彼の後妻になりたいと思っていたようだった。会社の重役で家も立派なので、その気になっていたのだろう。

ママはそのことを大ママに相談した。すると大ママは、

「彼の奥さんは気の毒な人だったね。神経の使い通しで、気の休まる間がなかったでしょう。あの人は、ワンマンで自分勝手で気難しい人よ。奥さんは、それに耐えてきたんだね。私は、あなたとの仲を裂こうとして言っているんじゃないのよ。幸せにな

ってほしいから言っているのよ」

その後、彼が亡くなったという知らせが届いた。

店内でびしょ濡れになった時、周りが楽しくしていたので、たまらなくなって、やけになったのかもしれない。

彼は、多分わかっていたのだろうか。

## 歌唱大会

小雨の降る、ある夜のこと。

店内に入ってきた客は、壁のそばに立っていた。

椅子が濡れてしまうのではないかと気になっているんだろうか。

私が乾いたタオルを手渡して、

「かまいませんよ。どうぞ、お座りください」

と言うと、その客は静かに腰をおろした。そして、間をおいてすっと立ち上がって、

「マスター、いや、先生」

と言い出した。これは、どこかで聞いてきたのか……。

まわりの客たちは、一斉に彼を見た。

「実は、お願いがあるのですが」

「何ですか」

「私共のグループでは、初めての企画で歌唱大会を計画しております。先生には、審査員として参加者の審査をしていただきたいと思っております。いかがでしょうか？お願いできますでしょうか」

私は、そのことを聞いて驚いてしまった。

初めてのことなので、何と言ってよいか迷っていた。それで、

「どうでしょう。明日まで時間をいただけませんか」

と言うと、

「いいですよ。すぐに『はい、いいですよ』とは言えないですよね」

と応え、立ち上がりながら、

「それでは、いい返事を待っています」

と言って、手を振って帰っていった。

それを見て、まわりの客たちはひそひそと話していた。

話を聞いていたのだろうか。

「先生と言っていたな」という言葉だけ聞こえてきた。

（さて、どうしようか。やってみたいと思うが、難しいだろうな……）

と考えていると、大ママが小声で私を呼んだ。

大ママに近づくと、

「審査員をやってみたら？　いや、やるべきだよ。これからこの世界に乗り出そうという決意でいるのなら、尚更のことだよ。いい機会じゃないの」

そうだな。こんな機会はめったにあることでないな。私の考えは決まった。

よーし、頑張るぞ。

私はすっきりした気分になった。

翌日、彼が店内に入ってきた。

「どうですか、決まりましたか」

「はい、お役に立つかどうかわかりませんが、やらせてください。お願いします」

「あーそうですか。いやあ、嬉しいです。断られたらどうしようかと気になっていました。ありがとうございます」

ほっとした瞬間であった。

「それでは、歌唱大会の説明をさせていただきます。

この大会は、一次、二次の審査を経て本選となります。一次審査は日本ビクターに関係のある作曲家の中平先生、『女の酒』で大ヒットした高野先生、それに先生の三人です」

そのことを聞いて私は、

(これはえらいことになったな。今さら辞めさせてほしいとは言えないしな。二人は、プロなのに。——この時は作曲家協会の会員ではない——)

と思ったが、少し考えて、

(いや、何とかなるだろう)

と思い直した。

そんな私の心中を彼は察知したのだろうか。

何となく視線が気になった。

「次に会場は、戸田の文化会館です。ご存じですか、その場所は」

「はい、知っています」

その後、日時を告げると、彼はほっとした表情で帰っていった。


歌唱大会の当日。

私の心は、なぜかすっきりしていた。

開始時間に遅れないように会場へ行った。

久しぶりの文化会館だ。懐かしい気持ちで階段を一段一段上っていると、

「あーら先生、しばらくです」

と、かつて担任した子どもの親に声をかけられた。

「先生は、音楽が専門と聞いていますが、こういう歌もお好きなんですか？」と、聞かれたが「ええ、まあ」と、面倒なので、あいまいなことを言って笑ってごまかした。

会場は、すでに満席になっていた。

「先生、こちらです」と手招きをしている人がいた。そばに二人の審査員もいた。

「紹介します。この方は、中平先生です。この方は、高野先生です」

と、紹介が終わると、それぞれ席に着いた。いよいよ始まるんだな。あたりを見回した。意外に落ち着いた気分だ。

「では、始めます。一番の方、どうぞ」

歌い出した。終わると、すかさず審査委員長（高野先生）が、

「今のは八十点とします。よろしく」

そうか、これを八十点とするのか。「リズム、音程、ことばをはっきり」を瞬時に感じ取らなければならない。これは大変だ。でも、おもしろそうだ。やってやろうじゃないか。という気持ちになった。

四番、五番と進み、六番となった。

ステージに出てきたその人は、審査員席の私のほうを見て、

「あらー。先生じゃないですか。今日は、珍しいことをしているんですね」

と、しゃべり出した。困ったなと思っていると、係の者が耳打ちした。すると、素直に歌い出した。

四十番の人は、私が知っている人によく似ている。似た人がいるものだなあと気になった。四十六番の人が出てきた。

あれっ、うちの店に来る客だ。

一見、上手に聴こえる。本人は、「俺はうまいんだ」と思っていて、他人《ひと》の言うことなど聞く気持ちのない人だ。

それから、もう一人。この人は私の歌の教室に来ている。素直ではあるが、プロに近いような歌い方をする。

しかし、ひとつ欠点がある。

「あの歌い方が、うっかり出てしまったら不合格だよ」

と、言ったら、

「わかっています。気をつけて歌います」

と言っていた。

出場者の人数は知らされていなかった。

出場者は歌い終われば自由の身となるが、われわれはそうはいかない。

トイレに行くことも昼食をとる時間もなく審査は続いた。

最後に合格発表があり、終了したのが午後の三時であった。

一次審査に合格した者は、二次審査へ進む。二次審査のことは、私は一切わからない。

その後、私が店へ行くと、出場した彼がやってきた。

「先生より俺のほうが歌がうまいんだぞ」

と、いきなり言い出した。しかも、荒々しく。

「何で俺を落としたんだよ」

「三人の点数で決まるんだよ」

すると、彼はオーダーをすることもなく、言いたいことだけ言って帰っていった。

そうか、そのことを言うためだけに来たんだな。

## 音頭作り

ある日のこと。

慌ただしく店のドアを開けて、一人の男が入ってきた。その男はいきなり、

「先生、作ってください。音頭を」

そう早口で言い出した。

私は、何だか嫌な気持ちになった。

何で駆け込むような入り方をするのか。そして、いきなり言い出すとは。礼儀を知らない人だ。先生と言い出したが、どうしてそんな言葉になったのか。どこで聞いたのだろうか。そうか。有線に私の曲が流れているからか。

「音頭？　音頭とは面白いですね」

「実は、踊りの師匠が、国際交流の活動を行っているんです。ですから国際交流の音頭が欲しいと言っています。師匠が先生に作曲してほしいと希望しているので、代わりに私が参りました。ぜひお願いします」

そこまで聞いて、やっと事情がわかった。

「歌詞はあるのですか」と、聞くと、「これなんです」と、言って、ノートを破いた紙に書いたものを出した。

それに目を通すと、普通の文章と同じであった。これじゃ、節《ふし》にするのは大変だなと思い、

「これでは……悪いけど手を入れますよ」

と伝えた。

すると、「師匠が何と言うか……」と、次の言葉が出てこないようだった。

「困ったな。師匠がいればなぁ……勝手に直すことはできないので」

「それでは、私が、師匠のお宅に伺いましょうか」

「そうしていただければありがたいのですが」


後日、師匠の家を訪ねた。

このままの歌詞では、節にならないことを伝え、

「失礼ですが、私が補作しましょうか」

と言うと、師匠は、

「いいんです。このままで」

と、頑として聞こうとはしない。

詩と歌詞とは違うものだということがわかっていないのか。自分の意志を何としても通したいと思っているのか。あるいは、節だけつけてくれればいいと思っているのか。ふだんの私だったら、もうとっくに腹を立てているところなのに、その時はなぜ

か冷静だった。

そのうちに、ふっと頭に浮かんだ。

音頭とは、踊るのだからむずかしく考えることは抜きにして、軽快に楽しくすればいいのか、そうだな、そうしよう。

この曲が多くの人を先導してくれればと思って、音頭作りに集中した。

二日後のこと。

曲はできたのかと催促の電話があった。

「まだです」と言うと、

「早く作ってね」と言うと、それだけで切った。

更に二、三日後にまた電話がかかってきた。

十日間に三度、いや、もっとか。せかせること、せかせること。何だと思っているんだ。

こんなにせかしているのは、何かあるに違いない。曲ができないと踊りのふりつけ、指導ができないからなのか。

数日後に、私が予想していた通りだということがわかった。やっぱりそうだったか。

その後、驚いたことに、編曲されて歌手が歌い、その演奏を録音したカセットテープができ上がっていた。

更に、すでに発表会の日時・場所・招待者が決まっていた。私は曲を作っただけで何にも知らされていなかった。だから、間に合うようにあれだけせかしたのか。

発表会当日のこと。

外国人が音頭の曲に合わせて、楽しそうに踊りながらステージに現れた。

師匠は自分の書いた歌詞に固執していたが、補作した私の名前は出さないと説得して歌詞を替えてくれたのでよかった。

発表の後、私はすぐに帰った。

その後は、ありがとうの言葉も報酬も何もなかった。

師匠といわれる人が、こんなに礼儀知らずとは……。

嬉しく思うことは、外国人が感動したのか、ニュージーランドの人が歌詞を英訳してくれたことだ。それだけで私は満足している。

# 歌謡教室

地元の人たちからカラオケ教室を作ってほしいとの要望が蕨西公民館に出されていた。そのため、当時の館長は前向きに考えていた。それで、館長から私の同級生に、「みなさんが、カラオケ教室を……と言っているのですが、私は、カラオケ教室ではなく、歌謡教室を作りたいと思うのです。どうでしょうか、指導してくれる人、いないですかね……」

と相談があった。彼は、私を思い出して「聞いてみます」と言ったものの、音楽といってもやっていることが違うので、この話を受けてくれるかどうか心配していたようだった。

後日、私にその話を持ってきた。

私は少し考えた。歌謡教室か。そういえば、音大の時に書いた論文は〝日本の演歌・歌謡曲について〟だったなあ。将来、誰でも気軽に歌えるようになる、そんな時代が来るのではないか……と以前から思っていた。

これはいい機会だ。歌謡曲は教えたことはないが、やってみようと決心した。

「歌謡教室、引き受けるよ」

と、彼に言った。

こうして、歌謡教室を始めることになったので、公民館では希望者を募集した。

いよいよ、その日となった。

予想していたよりも集まった。五十人、いや、それよりも多かった。

(こんなに興味を持っている人がいるのか)

私も初めてのことなので、緊張してしまった。何か話しかけなくてはいけないと思い、

「みなさんは、歌が好きなんでしょ。楽しく歌っていきましょう」

と言うと、みんなの表情も変わってきた。

そこで私は、

「上手に歌えるようになるには、まず聴く耳を持つこと、勝手なことをしないこと、自分の前の人の歌に集中することです」

これは、簡単なことのようだが難しい。

早く自分の番にならないかなとか、下手だなあ、自分だったら……と思ったり、自分の番になるまで喋っていたりするのでは上達する見込みはないと言いたかったのだが、初めてなのでそこまでは言わなかった。


この教室も回を重ねて気づいたことは、参加者がこの地域の者だけではないということだった。

その後、ほかの公民館からも歌謡教室をやってほしいと頼まれた。

私は当然のこととして、西公民館と同じ方針で進めていった。

更に、別の公民館からも頼まれ、教室の数は増える一方だった。蕨市内だけでなく、ほかの市からも声がかかった。

これには、私を必要としてくれているんだなとありがたく受け止めた。

しかし、年数が経つにつれて、それまで思ってもいなかったことが起こった。

ほとんどは参加者の健康問題である。高齢になって辞めたり、亡くなったりして人数が減り、やがて教室も存続できなくなってしまった。

それとは別に、西公民館では過去にこんなことがあった。

その日の教室が終わったところで、いきなり会長（私の同級生）が、

「先生も歳だから、若い指導者にしようと思っているんだ。だから辞めてくれないか」

と、みんなのいる前で言い出した。

「俺は辞めないよ。簡単な気持ちで引き受けたわけではないんだ。辞めろと言われても、そう簡単に辞められない。子どもの頃とは違うんだ。誰が何と言っても辞めないんだ」

彼がみんなの前で言ったのは、自分のほうに賛成してくれると思ったからだろうか。

しかし、誰も何も言わなかった。すると、

「あんたが辞めないなら、俺が辞める」

そう言って、彼は辞めていった。

そんなこともあったが、その後、何のこともなく、現在も続いている。

ただ、気がかりなことは、やはり高齢化して会員の人数が減っていることである。
一九八一年に歌謡教室が始まって四十三年。
そんなに年数が経ってしまったのか——。
この会を作った当時の公民館館長に感謝の言葉を申し上げたく思う。
私は、続けられる限り、続けていきたいと思っている。

## 著者プロフィール

**小山 幸男**（こやま ゆきお）

1929年埼玉県生まれ、武蔵野音楽大学卒業。
会社員、小中学校教員を経て、ミュージックパブ経営。公民館等で歌の指導に携わる。
現在、賃貸経営。
公益社団法人日本作曲家協会会員
日本指揮者連盟会員

著書「私、変わりものなんで。」（2020年、文芸社）


**運命なのかな、人生は。**

2024年４月15日　初版第１刷発行

著　者　小山 幸男
発行者　瓜谷 綱延
発行所　株式会社文芸社
〒160-0022　東京都新宿区新宿１－10－１
電話　03-5369-3060（代表）
03-5369-2299（販売）

印刷所　株式会社フクイン





ISBN978-4-286-24564-5